50 Raisons Pour Lesquelles Je T'aime:

Un Livre à Remplir et un Cadeau à Offrir

Site web: www.marshauno.com

Suivez Marshaun sur vos réseaux sociaux préférés

YouTube : MarshaunO   Instagram : marshaun_o

Dédicace

Ce livre est dédié à tous les couples qui s'efforcent d'entretenir leur flamme l'un pour l'autre.

1.

**Je suis tombé(e)
amoureux(se) de toi quand
tu** _____

_____

_____

_____.

2.

**Mon souvenir préféré de
nous deux ensemble est**

_____

_____

_____

_____.

3.

**J'adore quand tu racontes
l'histoire de _____**

_____

_____

_____.

4.

Je ne peux m'empêcher de rire à chaque fois que tu

_____

_____

_____ .

5.

J'aime quand tu

_____

_____

_____

_____ .

6.

Je n'arrête pas de penser à la fois où tu _____

_____

_____

_____.

7.

Ton baiser me fait sentir

_____

et me rappelle _____

_____

_____.

8.

J'aime ton odeur. Tu sens comme _____

_____

_____.

9.

**Notre premier rendez-vous
était** _____

_____

_____.

10.

Je tombe amoureux(se) à chaque fois que tu _____

_____

_____.

11.

Tu resplendis quand tu

_____

_____

_____.

12.

Ce que je préfère faire avec toi, c'est _____

_____

_____.

13.

**Je suis toujours
agréablement surpris(e)
que tu te souviennes de**

_____

_____

_____ .

14.

Je m'inspire de ton

_____

_____

_____.

15.

Je me sens beau(lle) quand tu _____

_____

_____.

16.

Tu es attentionné quand tu

_____

_____

_____.

17.

Ta générosité me fait

_____

_____.

18.

Ton sourire _____

_____

_____

_____.

19.

J'ai hâte de vieillir avec toi pour que nous puissions

_____

_____

_____.

20.

Mon coeur fait un bond

quand tu _____

_____

_____.

21.

Tes câlins _____

_____

_____.

22.

Ça m'excite quand tu

_____

_____

_____.

23.

Ça me fait toujours plaisir quand tu _____

_____

_____.

24.

Tu peux être bizarre quand tu _____

_____

_____**, mais je t'aime quand même.**

25.

Si je devais résumer en un mot pourquoi je t'aime, ce serait _____

_____.

26.

Quand nous sommes séparés, je me sens _____

_____

_____

_____.

27.

**Chaque fois que j'entends
la chanson** _____

_____

_____

je pense à toi.

28.

**Mes vacances préférées
avec toi, c'était** _____

_____

_____

_____.

29.

**On passe les meilleurs
moments chaque fois qu'on**

_____

_____

_____ **ensemble.**

30.

**Ça me donne tellement de
joie de te regarder quand tu**

_____

_____ **Ça fait**

_____ **mon coeur.**

31.

T'aimer, c'est comme

_____

_____

_____.

32.

J'aime quand tu me fais

_____

_____

_____.

33.

Tu m'aides à me sentir très

_____

_____ **quand je suis**
déprimé(e) et que j'ai
besoin d'un remontant!

34.

Vous choisir était

_____

_____

_____.

35.

**Si tu étais un personnage
de dessin animé, tu serais**

_____

_____ **parce que**

_____.

36.

J'aimerais beaucoup qu'on

_____

_____

_____ .

37.

J'aime te voir porter la couleur _____.
Elle fait ressortir ton _____
_____
_____.

38.

J'adore explorer votre

_____

_____

_____.

39.

**Je me sens en sécurité
quand tu _____
_____
_____
pour moi.**

40.

Mon monde est plus lumineux chaque fois que tu _____

_____

_____.

41.

**Si tu étais une voiture, tu
serais une** _____

parce que _____

_____.

42.

J'aime te regarder

_____

_____

_____.

43.

Tu es le genre de

_____

que chaque _____

_____

souhaite avoir.

44.

J'aime la passion que tu as

pour _____

_____

_____.

45.

Grâce à toi, les moments difficiles semblent moins

_____

_____.

46.

Tu fais le meilleur

_____

_____

_____.

47.

**La première chose que j'ai
remarquée chez toi quand
on s'est rencontrés, c'est**

_____

_____.

48.

J'aime la façon dont tu me

_____

chaque fois que je suis

_____

_____.

49.

Ton meilleur atout, à mon avis, c'est _____

_____

_____.

50.

**Les trois mots qui résument
le mieux ta personnalité et
ce que tu représentes pour
moi sont _____,**

_____

et _____.

www.ingramcontent.com/pod-product-compliance
Lightning Source LLC
Chambersburg PA
CBHW071233170626
46809CB00008BA/3029